¡SOLO AYUDA!

Cómo construir un mundo mejor

SONIA SOTOMAYOR

ILUSTRADO POR
ANGELA DOMINGUEZ

PHILOMEL BOOKS

Para Teresa Mlawer
gracias por construir una comunidad de lectores para mis libros
y los de tantos otros con tus preciosas traducciones

—S. S.

Para mi mamá y mi familia

—A. D.

Carta a los lectores

Desde que era niña recuerdo que mi madre siempre ayudaba a los demás. Como enfermera, trabajaba todos los días en un hospital y cuidaba de personas enfermas. También era buena vecina, ayudaba a amigos con sus medicinas y los llevaba a sus visitas médicas. Día a día, y persona por persona, hizo de su vecindario, su ciudad y el mundo entero, un lugar mejor. Vivió una vida de servicio a los demás.

A medida que fui creciendo, descubrí que no quería ser enfermera o médico como sería mi hermano. Quería encontrar otra forma de servir a mis vecinos y mi país; ser parte de la vida cívica y mejorar mi comunidad. Encontré mi camino a través del derecho. Las leyes son las reglas según las cuales decidimos vivir para tener una sociedad justa en la que podemos ser libres y estar seguros. Las leyes pueden servir para ayudar y proteger a las personas.

Pero no tienes que ser abogado, juez, doctora, o enfermera para servir a tu comunidad y participar en la vida cívica. Puedes ser un agricultor que cultiva los frutos que necesitamos para comer, una ama de llaves en un hotel que ayuda a que los turistas disfruten de sus viajes, una banquera que presta dinero a negocios locales, una bibliotecaria que comparte libros, o un bombero que salva vidas. Puedes hacer mandados para gente que no puede salir de casa, ser voluntaria en una tienda de alimentos, ser mentor de un niño o una niña que necesita ayuda adicional, o registrar a gente para votar. Nuestras comunidades necesitan que todos pongamos de nuestra parte, cada uno como el hilo de una manta, estrechamente entretejidos por lo que hacemos.

Todos los días puedes hacer la diferencia cuando ayudas a alguien. Y cada vez que lo haces, te vuelves parte de algo más grande que tú mismo. Para comenzar puedes empezar más pequeño; ayudando a hermanos o primos menores a que aprendan a amarrarse los zapatos, llevando galletas a un nuevo vecino. Y a partir de ahí puedes ir creciendo, dándote cuenta que el mundo es un vecindario muy grande y que hay mucho que cada uno debe hacer para que sea un lugar sano, seguro y limpio para todos. Construir un mundo mejor es un proyecto muy grande que toma mucho trabajo y no siempre es fácil, pero empieza con una simple pregunta: ¿Cómo ayudarás hoy?

Sonia Sotomayor

Cada mañana, cuando Sonia se despertaba, su madre le hacía la misma pregunta: ¿Cómo serás de ayuda hoy?

Mami era una enfermera que, todos los días, trabajaba en un hospital ayudando gente. Sonia también quería ayudar.

Entonces, cada mañana, Sonia se preparaba para tener una buena respuesta a la pregunta de Mami.

Una mañana, antes de ir a la escuela, Sonia llenó
dos bolsas de plástico de dulces, calcetines calientitos,
jabones lindos, gafas de sol, plumas y libretas.

Cuando Sonia se subió al autobús, la conductora le ayudó a cargar las bolsas.

—¿Qué es todo esto? —le preguntó a Sonia.

—Estamos enviando paquetes de regalos a los soldados que están en el extranjero —respondió Sonia.

Cuando Sonia se subió al autobús, no había
ningún asiento libre. No sabía qué hacer. Entonces
Booker y Skye le hicieron señas.

—Siéntate con nosotros —le dijeron, apretándose
el uno contra el otro para hacerle un espacio.
—Gracias —dijo Sonia.

En la escuela, Booker, Skye y Sonia vaciaron sus bolsas en una mesa en el gimnasio. Muchos niños habían llegado para ayudar.

Para este proyecto de servicio, los niños
organizaron y empacaron los regalos en cajas que
los trabajadores postales recogerían en la tarde.

Kylie se sentía especialmente contenta de poder ayudar. Su mamá era soldado en el ejército y se encontraba muy lejos. Kylie la extrañaba todos los días pero sonrió al imaginarla abriendo uno de los paquetes.

Cuando terminó, Kylie recogió las bolsas de plástico y se las dio a Brooklyn.

A Brooklyn le encantaban los animales submarinos. Se entristeció cuando se enteró de que las bolsas de plástico que la gente tira al mar enferman a las tortugas marinas. Cuando leyó que había una campaña mundial para salvar a las tortugas marinas, Brooklyn se unió a la causa.

Creó un programa de reciclaje de bolsas de plástico en la escuela. Después del proyecto de servicio en el gimnasio, tenía muchas más bolsas para agregar a las nuevas canastas de reciclaje.

Después de la escuela, Gabriela y su hermano Lucas fueron al parque. Había basura en todas partes. Gabriela pensó en las canastas de reciclaje.

—Limpiemos el parque —sugirió Gabriela a los demás niños. Todos se pusieron de acuerdo para ayudar.

Después, Lucas tomó un pedazo de tiza y escribió en grandes letras en el suelo: "¡Mantengamos limpio nuestro parque! ¡Por favor, no tires basura!"

Cuando Jasper llegó a casa, vio que su habitación estaba hecha un desastre, al igual que el parque. Mientras la limpiaba, encontró juguetes nuevos que jamás había usado.

Jasper decidió donarlos al hospital infantil. Jasper recordó que cuando había sido paciente en el hospital siempre se sentía mejor cuando las enfermeras lo llevaban a la sala de juegos. Quería ayudar a los niños que se encontraban ahí.

Llevó los juguetes a casa de su vecina Maya porque
su padre trabajaba como conserje en el hospital.

La amabilidad de Jasper le recordó a Maya que ella también tenía algo especial para regalar.

Abrió su cajón y sacó su camiseta preferida. A Maya le encantaba, pero sabía que había alguien a quien le gustaría más, sobre todo hoy: su amiga Simone.

Simone estaba parada en una esquina con su padre y su hermano Miles. Era día de elecciones y estaban haciendo campaña para su candidato preferido para el consejo municipal. El candidato había prometido construir más escuelas y parques infantiles.

BoDEG

Y CLEANERS

VISA

Vote

Vote Today

VOTE TODAY!

Torta $2
Café $1

Cuando Maya le dio a Simone la camiseta,
Simone se puso feliz.

—¡Se ve como una brillante bandera
americana! ¡Gracias! —dijo Simone y se la puso
por encima de la camiseta que ya llevaba puesta.

Simone y Miles estaban entregando volantes a todos los que pasaban por enfrente, incluyendo Samir y su madre.

—¡Mamá, hoy es día de elecciones! ¿Ya votaste? —preguntó Samir.

—¡No, se me olvidó! —dijo su madre.

—Bueno, pues entonces vamos a votar —dijo Samir. Mi maestra dice que "tu voto es tu voz en la comunidad". ¡Samir quería que su madre usara su voz!

Las cabinas de votación se encontraban en el centro para ancianos. Mientras Samir y su madre esperaban para votar, vieron a Kunal empujando a John en una silla de ruedas. Kunal estaba allí para ayudarle a John a votar. John vivía solo y, dos veces por semana, Kunal pasaba la tarde en el centro para ancianos visitando a John y compartiendo con él una merienda.

—Prométeme que cuando tengas 18 años, votarás —dijo John al pegarle la pegatina de "Yo voté" en la camiseta de Kunal —. Cuando yo era joven, fui parte de la gran lucha por el derecho al voto. Ahora no pierdo la oportunidad.

—¡Se lo prometo! —dijo Kunal.

Más tarde, cuando Sonia se metió a la cama, su madre le preguntó:

—Sonia, ¿cómo ayudaste hoy?

Sonia pensó en los paquetes de regalo para los soldados, el reciclaje de las bolsas plásticas, la limpieza del parque, y el ir a votar con Mami.

Pero también recordó a la conductora de autobús que la llevó a la escuela, los trabajadores del servicio postal que llevaron los paquetes a los soldados, los funcionarios electorales que ayudaron a los votantes, y sus amigos que brindaron ayuda de maneras grandes y pequeñas.

—Hoy todos nos ayudamos los unos a los otros —dijo Sonia.

Cuando Sonia cerró los ojos imaginó que todo lo que hizo era como el hilo en la manta que su abuela le había tejido. Acercaba a Sonia a toda la gente a su alrededor, incluso a la gente que no conocía. Una persona inspiraba a la siguiente, y entre todas estaban tejiendo una comunidad más segura, limpia, sabia, sana y amable.

Al igual que Sonia, sus amigos y sus vecinos, cuando todos ponemos de nuestra parte, tendremos una buena respuesta a la pregunta de Mami.

¿Cómo ayudarás hoy?

Agradecimientos

Cada día siento inspiración y energía renovada gracias a las innumerables personas que mejoran desinteresadamente nuestro mundo en formas grandes y pequeñas. Su trabajo evita que me desanime por los problemas del mundo. Es gracias a ustedes que mantengo viva la esperanza.

Ruby Shamir es una colaboradora increíble y le agradezco por ayudarme a darle vida a mi idea. Agradezco a Zara Houshmand por sus sabios consejos acerca de todo lo que escribo.

Angela Dominguez, eres una artista tan talentosa. Agradezco enormemente tu infinita paciencia al responder a mi visión de este libro a través de tus ilustraciones.

Tengo el privilegio de tener una editora extraordinaria, Jill Santopolo, y un equipo excelente en Penguin Random House Philomel Books. Gracias por su arduo trabajo y dedicación.

Mis agentes, Peter y Amy Bernstein, y mis abogados, John S. Siffert y Mark A. Merriman, me brindan la sabiduría y el buen juicio que atesoro. Estoy profundamente en deuda con mis asistentes, Susan Anastasi, Anh Le y Joanna X. Hernández, quienes son tan importantes para mí en el cumplimiento de mi trabajo.

Tengo una larga lista de personas que han aportado conocimientos sobre los distintos borradores de mi libro. Cada uno de ustedes ha mejorado mi pensamiento, escritura y presentación. Les agradezco a todos por sus sugerencias útiles. Enumero en orden alfabético: Theresa Bartenope, Talia Benamy, Jennifer Callahan, Lyn Di Iorio, Louise Dubé, Dra. Eva Dundas, Cate Foster, Julia Foster, Lisa Foster, Robert A. Katzmann, Andrea Montejo, Summer Ogata, Amy Richard, Xavier Romeu-Matta, Carlos Santayana, Gianna Semidei, Lisa Ledesma Wasielewski y Rachel Wease.

PHILOMEL BOOKS
An imprint of Penguin Random House LLC, New York

First published in the United States of America by Philomel,
an imprint of Penguin Random House LLC, 2022

Text copyright © 2022 by Sonia Sotomayor
Illustrations copyright © 2022 by Angela Dominguez

Philomel Books is a registered trademark of Penguin Random House LLC.

Visit us online at penguinrandomhouse.com.

Library of Congress Cataloging-in-Publication Data is available.

Printed in the United States of America.

ISBN 9780593404737

1 3 5 7 9 10 8 6 4 2

PC

Edited by Jill Santopolo

Design by Ellice Lee and Monique Sterling

Text set in Palatino

Artwork was rendered digitally using Procreate and Photoshop.